CCTV 强档热播大型二维爆笑系列剧

Chicken Stew

⑥ 隐形墨水

U0140533

深圳华强文化科技集团 编著
四川出版集团
四川美术出版社 出版

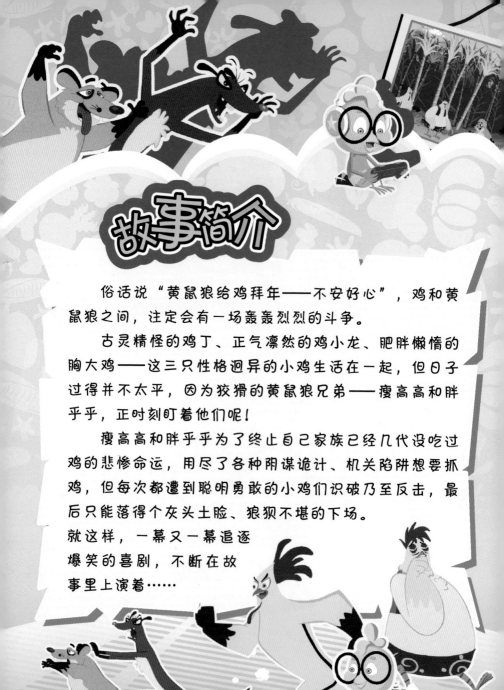

故事简介

俗话说"黄鼠狼给鸡拜年——不安好心"，鸡和黄鼠狼之间，注定会有一场轰轰烈烈的斗争。

古灵精怪的鸡丁、正气凛然的鸡小龙、肥胖懒惰的胸大鸡——这三只性格迥异的小鸡生活在一起，但日子过得并不太平，因为狡猾的黄鼠狼兄弟——瘦高高和胖乎乎，正时刻盯着他们呢！

瘦高高和胖乎乎为了终止自己家族已经几代没吃过鸡的悲惨命运，用尽了各种阴谋诡计、机关陷阱想要抓鸡，但每次都遭到聪明勇敢的小鸡们识破乃至反击，最后只能落得个灰头土脸、狼狈不堪的下场。

就这样，一幕又一幕追逐爆笑的喜剧，不断在故事里上演着……

主要人物介绍

鸡丁

鸡丁身材娇小，博文广识，好玩电子游戏，尤以那股临危不乱的酷劲著称。她平时话不多，但开口总能一针见血地指出问题的关键所在，是三只小鸡中的"智囊"。

语录：唉，真没挑战性……

 胸大鸡

邋遢大叔胸大鸡，身材臃肿，性格懒散，从不讲卫生，还整天吹嘘自己武功高强，曾与某某绝世高手过招，并故作神秘地说自己是传说中绝世神技"鸡飞蛋打拳"的传人。

语录：睡觉真是人生一大乐事啊！

 鸡小龙

作为胸大鸡的徒弟，鸡小龙却与师傅截然不同。他是一个充满朝气与活力，见义勇为，有正义感的少年。鸡小龙对胸大鸡十分崇拜，并对胸大鸡的教导深信不疑。

语录：青春啊，燃烧吧！

黄鼠狼哥哥。身材又高又瘦，脾气暴躁，而且自私自利，满脑子坏水。他一直垂涎农庄里的小鸡们，想尽一切办法、穷尽所有手段要捉住小鸡，但经常聪明反被聪明误。

语录：我们抓的不是鸡，是理想！

瘦高高

胖乎乎

黄鼠狼弟弟。身材又矮又胖，傻里傻气，但他烧得一手好菜，并以"烧出天下最美味的鸡料理"为最大理想。

语录：什么时候才能吃到好吃的鸡料理呢？

第四十五集
表妹的礼物

啊，表妹给我寄礼物了！

□□□□□□
鸡小弟
我在外地旅游寄件
礼物送给你！
妹妹

抢一

看上去味道不错。

我先尝尝。

师傅，那不能吃！

啊？救命！

别怕，我帮您拿出来。

好了，没事了。

这件礼物您先保管吧，我去练功了。

嘿嘿，终于可以睡个好觉了。

哈哈，鸡小龙走了。

胸大鸡在睡觉呢，快进去！

摇晃一

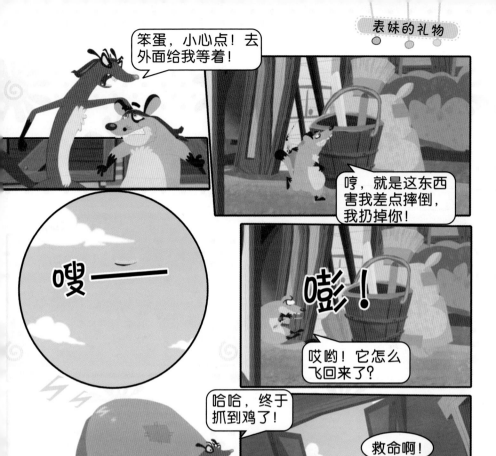

笨蛋，小心点！去外面给我等着！

哼，就是这东西害我差点摔倒，我扔掉你！

嗖——

嘭！

哎哟！它怎么飞回来了？

哈哈，终于抓到鸡了！

救命啊！

嘭！

哎哟！我怎么在这儿呢？

07

它叫回旋镖，是一种武器。

哎，你就快点告诉我吧。

那它是不是用来练功夫的？

你呀，就想着练功夫。其实它是……

站住！

救命啊！

可恶，又是那两个坏蛋！

快，我们去教训他们！

河边

啊？怎么又回来了？救命啊！

好痛啊！

哈哈，又回来了，真好玩！

可恶，原来是鸡小龙和鸡丁。

哼，敢偷袭我！

嗙！

不好，是炸弹！

别怕，看我的！

嗖一

嗖一

相撞后各自飞回

天啊，快跑！

轰！

唉，又失败了！

第四十六集
弓箭大作战

快乐农庄

师傅，这次我一定赢您。

啪！

哈哈，正中靶心！我赢定了！

这有什么，看我的！

箭插过靶子

反弹——

15

嗖——

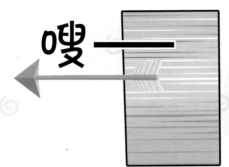

哎呀！

啊？又回来了？

啪！

哼，让你们见识什么叫玩弓箭。

啪！

哇，鸡丁好厉害！

不过我也射中靶心了，师傅您输了。

谁说我要射靶心了，我就是射木桶。

啊？

嗖——

啪！

哇，你好厉害啊！

这不算什么，看好了！

啪！

怎么样？

我真是太崇拜你了！

走，抓鸡去吧。

哎呀，这弓箭一点儿都不好玩。

哈哈，胸大鸡，好久不见啊！

坏蛋，看箭！

哈哈，没射中！

啪！

现在，轮到我啦！

我躲！

啊？没射中他！

哼，这次看你怎么躲！

哎哟！救命啊！

哼，看我怎么收拾她！

啪！

天啊！

没想到瘦高高射箭还挺不错呢。

嗖——

砰！

啊，我的游戏机！

瘦高高，你真棒！

瘦高高，你敢弄坏我的游戏机？！

哼，有什么本事尽管使出来吧！

嗖一

哇，鸡丁真是厉害！

胸大鸡，快把弓扔给我！

好的，你接着。

瘦高高，接招吧！

嗖一

可恶，这次我们直接吃烤鸡！

箭被风吹回

我把它们还给你们。

啊？箭被吹回来了！

快跑啊！

第四十七集
嘘！小龙睡着了

嘘！小龙睡着了

唉，被那两只黄鼠狼弄得一夜没睡，困死了！

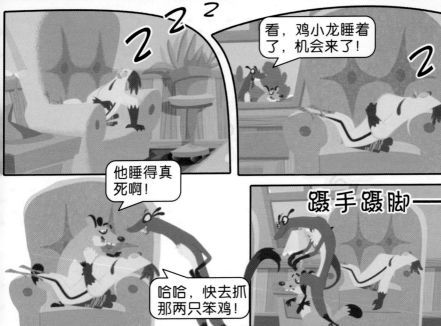

看，鸡小龙睡着了，机会来了！

他睡得真死啊！

哈哈，快去抓那两只笨鸡！

蹑手蹑脚——

啊？我的脚……

嘭！

笨蛋，走路看着点！

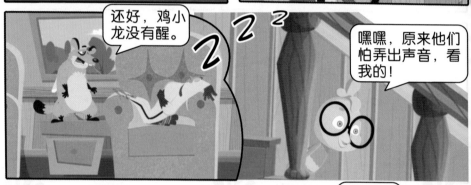

还好，鸡小龙没有醒。

嘿嘿，原来他们怕弄出声音，看我的！

嗨，过来抓我呀！

是鸡丁，快追！

嘿呀——

啊？不要推啊！

哈哈，两个笨蛋！

啪！啪！

怎么办？让她给跑了！

嘿嘿，我们这样……

来追我呀！

站住！别跑！

你再过来我就摔啦！

哈哈……

你笑什么？

嘿嘿，幸好被我接住了。

哼，这事儿还没完呢！

你给我站住！

嘿嘿，我扔！

嗖——
嗖——

快住手！

咚！
啪！

鸡丁，你给我出来！

骨碌——

救命啊！

嘿嘿，进去吧！

嘭！

哈哈，不陪你们玩了！

可恶，如果鸡小龙什么都听不到……

嘿嘿，我有办法了。

哈哈，现在可以大胆地去抓鸡了。

鸡丁，你别想跑！

哼，我要扔下去喽！

哈哈！

我看你们还笑！

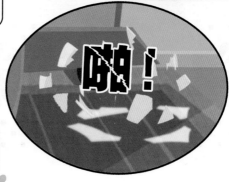

啪！

阿嚏！

我这是怎么了？

救命啊！

哼，又是你们两个！

啊，鸡小龙醒了！

小龙，他们想抓我。

别怕，看我的！

啊——我们还会回来的！

33

第四十八集
造船记

快乐农庄河边

今天是航行的好日子，船员们，上！

是，鸡丁船长。

等等，小龙，我们为什么要听她的？

哎呀，我们就帮她圆当船长的梦嘛。

啊？不！我只是说没有船怎么办。

胸大鸡，你不听命令就下去游50圈。

谁说的？你们看。

啊 ？

他们在忙什么呢？

让我看看。

"快乐农庄号"造船工作现在开始。

是，鸡丁船长。

我推——

哇，小龙好棒啊！

嘿呀——

先钉一颗钉子固定一下。

嘿嘿，我再找几颗钉子。

嘭！

扑通！

啊？板子怎么开了？

咚！

哼，我就不信钉不紧它！

造 船 记

船上

现在要开始刷油漆了!

唉，我怎么就这么倒霉呢？

趁鸡小龙不注意，我们上去抓住他。

嗖——

不好，踩到油漆了!

嗯?

嘿嘿，你好啊!

39

哼，坏蛋看招！

啊————

唉，刚才真是太危险了！

咦，没有油漆了。

是啊，我们先观察一下再说吧。

胸大鸡师傅，我回去拿些油漆。

啊？回去？等等我啊！

他们怎么都走了？

哈哈，就剩鸡丁一个了。

那我们赶紧上船抓鸡吧。

鸡丁，赶紧出来投降吧。

哼，有本事就上来抓我呀！

嗖

上来就上来，你是跑不掉的！

噢，原来躲在那儿。

啊，炸弹？

第四十九集
农场马拉松

鸡丁，快起床！

铿 铿！

快乐农庄

干吗这么早？

今天是马拉松比赛的日子呀。

放开我，我不去！

嘿呀——

快乐农庄

Funny Farm

嗖——

好了，准备马拉松比赛吧。

马拉松？是一种肉松吗？

笨蛋，那是一种跑步运动。

这样啊，我还是比较喜欢肉松。

嘿嘿，我们可以去半路设陷阱。

下面各就各位，预备——跑！

嗖——

谁想跑步呀？回家睡觉去！

呵呵，我去打游戏喽。

冲啊，谁都不能赢我！

刺——

啊？瘦高高，你的毛……

你怎么还在这儿？快去追！

啊？我不要！

少废话！我来帮你。

嗖——

啪！

第五十集
隐形墨水

快乐农庄

嘟 嘟

太好了，我的包裹到了。

嘭

哇，隐形墨水！

INVISIBLE INK

我先来试试。

INVISIBLE INK

鸡丁，我们去跑步吧。

哈哈，真的看不见了！

INVISIBLE INK

这么早就出去了？我也赶紧走吧。

55

哈哈，看不到，真好玩！

太好了，出去玩喽！

快点挖，鸡小龙就要来了。

不远处

唉，好累啊！

你确定他会经过这儿吗？

那当然，这是他晨跑的必经之路。

呵呵，鸡小龙肯定很好吃。

嘭！

笨蛋，想吃鸡肉就快点挖！

唔……唔……

瘦高高，快看，我抓住了！

可恶，又来吵我！

咚！

糟糕，药水失效了！

呵呵，幸好我早有准备。

哎哟，我刚才是怎么了？

60

第五十一集
逃跑的狮子

晚上，主人家

现在插播一条紧急消息：两只狮子从动物园逃走……

什么？狮子逃走了？！

救命啊！

这种鬼天气我们怎么抓鸡啊？

嘿嘿，我早有准备。

用伞？

呼 呼——

嘭！

哎哟，我的屁股！

砰！

不管你们了，我得去找狮子了。

哎哟！好疼啊！

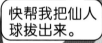

快帮我把仙人球拔出来。

嘿呀——

笨蛋，你就不会轻点儿吗？

我已经很轻了。

哈哈，你就像一头狮子。

是吗？我觉得挺帅的。

嗷～

难道真的有狮子？

现在你去抓鸡丁，我去抓胸大鸡。

好的。

狮子在哪儿呢？

嘿嘿，鸡丁，看我怎么教训你！

啊？狮子！

哼，以为关上门窗我就进不来了？

奇怪，肥鸡去哪儿了？

哎呀，鸡丁百宝箱里的宝贝呢？

啪！

这是什么？难道是按脚印踩上去？

屋外

站住！别跑！

天啊，别追我了！

瘦高高从空中跌落

啊？不好！

救命啊！

嘭！

第五十二集

跳绳记

快乐农庄

你看，跳绳可以锻炼双腿的力量。

嗯，我已经记下来了。

下面我为你展示一下什么叫速度与力量。

砰！ 砰！

胸大鸡跳得陷入地下

哇，师傅太帅了！

我跳，我跳，我再跳！

师傅太棒了，把地都跳出一个坑了！

快看，胸大鸡在跳绳。

我们得想个办法。

真想吃烤鸡啊！

有了，我们利用跳绳绑住他们。

师傅，您这就累得不行了啊？

小龙，今天就练到这里吧。

谁说的？拿着，给你看更厉害的。

真的?

双人跳,一起来吧。

啪!啪!

你是谁?

呵呵,我是美味农场的瘦瘦。

你们好,我是胖胖。

我们是有名的"跳绳娇娃"。

你们好,我叫鸡小龙,这是我师傅胸大鸡。

刷！ 刷！

啊？这也太快了吧？

转—— 转——

好了，该我们跳了。

十分钟后

我们还要一直跳下去吗？

别急，看我的。

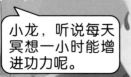

小龙，听说每天冥想一小时能增进功力呢。

真的吗？我试试。

嗖一

一小时后

嘿嘿，我们终于有烤鸡吃了。

不好，鸡小龙来了。

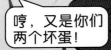

哼，又是你们两个坏蛋！

错，地上还有小强。

救命啊！

我们快跑！

81

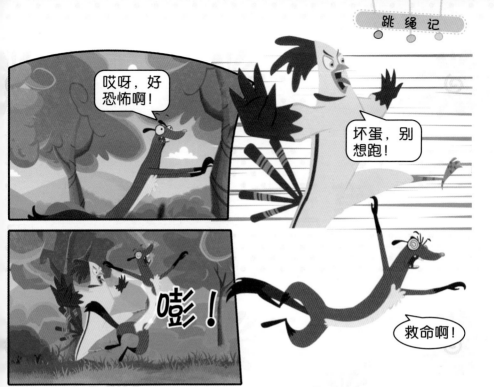

第五十三集
瘦高高的陷阱

快乐农庄附近

你快点！

这是什么呀？

没看见上面写着"沥青"吗？

那它好吃吗？

笨蛋，这不是吃的，是用来抓鸡的。

哦，等等我呀。

踩——

啊？

85

这下我们惨了！

某小路

沥青倒好了。

哈哈，我们就等着小鸡们上钩吧！

我打，我打！

啊？沥青？

噷！

嘿呀——

啪！

86

哼，鸡小龙和胸大鸡会来救我的。

是吗？这次我要把你们一网打尽。

胖乎乎，抓鸡去！

没想到沥青比万能胶还好用。

是啊，你可真聪明！

不远处

香蕉真好吃！

救命啊！

滑——

是胸大鸡，我们快躲起来。

天啊，快停下！

嗖——

他过去了。

啊，压路车！

这是怎么回事？

嘟——

不好，我们踩上沥青了。

轰隆隆——

山坡上

等胸大鸡经过，就把石头推下去。

看，胸大鸡过来了。

快给我推！

嘿呀——

唉，根本推不动！

走开，让我来！

吭哧——

这是怎么回事呢？

看，是被小石头卡住了。

糟了，石头动了！

你总算聪明了一次。

救命啊！

骨碌！

好痛啊！

唉，好累啊！

唔……唔……

鸡丁！你怎么了？

扯一

胸大鸡，快帮我解开绳子。

气球漏气后一阵乱飞

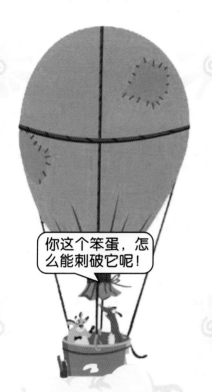

你这个笨蛋，怎么能刺破它呢！

嘭！

唉，真没挑战性！

轰！

我们又失败了。

鸡丁，你等着！我不会放弃的！

图书在版编目（CIP）数据

小鸡不好惹. 6，隐形墨水 / 深圳华强文化科技集
团编著. -- 成都：四川美术出版社，2011. 1
ISBN 978-7-5410-4435-9

Ⅰ. ①小… Ⅱ. ①深… Ⅲ. ①动画：连环画 – 作品 –
中国 – 现代 Ⅳ. ①J228. 7

中国版本图书馆CIP数据核字 (2010) 第203380号

小鸡不好惹⑥隐形墨水
XIAOJI BUHAORE⑥YINXING MOSHUI

深圳华强文化科技集团 著

著作权所有　深圳华强文化科技集团
总 策 划　李　明　马晓峰　戎志刚　高敬义　刘道强　丁　亮
分册策划　李　桢　叶英雷
装帧设计　白志坚　蔡小龙
美术统筹　陈华勇　李　达
编辑撰稿　刘　艺　舒　昕　毛　艳　龚俊伟

责任编辑　李　成　张大川
责任校对　任希瑾　刘　雁
责任印制　曾晓峰

出版发行　四川出版集团 四川美术出版社　（成都市三洞桥路12号）
邮　　编　610031
印　　刷　深圳市森广源印刷有限公司
成品尺寸　205mm × 147mm
印　　张　3
字　　数　10千字
图　　幅　80
版　　次　2011年1月第1版
印　　次　2011年1月第1版第1次印刷
书　　号　ISBN 978-7-5410-4435-9
定　　价　12.00元